句集

道をしへ

手拝裕任

文學の森

句集　道をしへ／目次

装丁　井原靖章

句集　道をしへ

平成二十四年

七六句

七草の一つ受け持ち摘みにけり

庖丁をぐさりと土に若菜摘み

途中より引きずる破目に若菜籠

隙間より土のこぼれて若菜籠

しばらくは着物談義や初座敷

愛用のリュックを背負ひ受験生

卒業や泣かせ所を送辞にも

もうもとに戻らぬ傾ぎ古雛

雛壇の牛車の牛のまどろめり

先客の靴も揃へて彼岸婆

出番なきイルカの眠き春の昼

洗はれて色取り戻し耕耘機

竿先のまだ幼くて浦島草

引き際を決めかねてゐて百日紅

霊峰にしてつつましき登山口
引き返すことも勇気や登山靴

山小屋の髭の主に迎へられ

道しるべあれば広げて登山地図

背を向けてより滝音の強くなる

持ち歩くうちに萎れて小判草

箱釣の袖を濡らして戻りけり

膝を抱へて箱釣を見てゐたり

回廊を蟹の走りて厳島

どこまでも日傘の陰を乳母車

梅雨闇やこの頃聞かぬ神隠し

巻きかけの渦を呑み込み梅雨出水

凍光先生逝く

花合歓の下にしばらく棺置く

二人乗りリフトに一人雲の峰

絵のやうな染みの浮き出て古団扇

ひと休みしてより重き登山靴

膳運ぶたびに軋みて川床涼み
流灯の溶けゆくごとく沈みけり

紀ノ川の土手を殿様ばつたかな
那智石の重き硯を洗ひけり

湖に脚浸せる鳥居秋高し

女工らの通ひし昔鳳仙花

ぶらんこに蔓の絡まる秋暑かな

流木を道に押し上げ秋出水

鳶の笛途切れ湖北の芋嵐

古代米育て学校田の案山子

青北風や湖は河川を迎へ入れ

ゲレンデの斜面そのまま花野かな

川船の細き舳先や鳥渡る
花野ゆく万葉人もかくあらむ

水澄むや日矢をかはして稚魚の群

庭先の椅子にしばらく月の客

秋風にみな飛びたがる万国旗

世話好きの女ばかりや月の宴

盆栽に赤き実のつく豊の秋
柘榴にも阿吽の相のありにけり

月の曲ばかり流して雨月かな

豊年や塔を支ふる丸柱

行く秋や舐めて奪ひし飴の色

悲しみを笑ひに変へて猫じやらし

夜食の前に一問を解くつもり

刃物研ぎますの貼り紙鵙日和

猪垣に沿うて分校通学路

もはや傷ふさげぬまでに破芭蕉

毒茸を蹴つてそこより引き返す

手のひらの砂を均して秋惜しむ

祠にも小さな鏡秋澄めり

経典の綴ぢのほつれや火の恋し

立冬や畳のへりの濃紫

だまし絵にだまされてゐる小春かな

義弟（光之）逝く

冬の日の眩しき中へ棺出す

まだ温き遺骨を抱きて枯野道

全集の終りは書簡漱石忌

神木の肌もざらつく寒さかな

寄鍋やいいとか悪いとか
瘤はみな鬼の形相冬木立

一人消え一人現れ冬木立

畦といふ窮屈なもの冬菜畑

刻まれて花のやうなる海鼠かな

夜廻りの一礼をして村の口

指先も琵琶も凍てたる弁財天

一の滝二の滝三の滝凍る

平成二十五年

五五句

玉砂利の粒揃ひなる淑気かな

初場所や郷土力士の勝名乗り

庭先に出て客を待ち春隣

語らひて和服同士や針供養

座布団に凹みを残し梅見客

梅林にランタンの灯の点り出す

はや風に吹かれてをりぬ雪間草
風紋を消しては紡ぎ春一番

木漏れ日を残して掃かれ落椿

たんぽぽの絮にルージュの口すぼめ

目借時絵解きの棒に追ひつけず
吊橋の揺れに遠のく山桜

巡礼の前にうしろに鳥の恋

参詣の列をゆがめて春疾風

鬱といふ一字の重き竹の秋

着ぐるみの熊に風船貰ひけり

葉桜や公園少し狭くなり

神体のものかも知れず蛇の衣

噴水のしぶきを潜り乳母車

まだ水の楽しさ知らず浮巣の子

竜宮も寝静まるころ夜光虫

手の平を滴り落ちて夜光虫

向日葵を立たす大地の力かな

釣堀のいつもの隅に座りけり

妹にうすべに色の捕虫網

小流れの上に回廊寺涼し

隅といふ落ち着くところ三尺寝

折畳み自転車提げて帰省の子

酔ひ少し回つてきたる庭花火

一つかみ買ふ朝市の鷹の爪

隣家との程よき間合鉦叩

縋るものなければ這うて葛の花

がらくたのやうなオブジェや秋暑し

内科外科耳鼻科と回り秋の暮

長男結婚

風倒の稲一つなき婚の日よ

婚の儀の衣擦れの音秋澄めり

曼珠沙華閻魔の息のかかりしか

喜びの波打つてゐる稲架の馬

毛筆のあとは硬筆夜の長し

鬼の子のしのび泣きかも旧要塞

雌松より雄松へ移り松手入

草を焼く煙の中に鵙の声

冷まじや要塞跡に見取絵図

スカートの柄に紛れて草じらみ

赤き実も混じりて木の実時雨かな

小春日や礎石は土に顔を出し

子連れより犬連れ多き冬日和

父の死

雪の中貰ひに死亡診断書

冬籠いよいよ世事に聡くなり

飛ぶ鳥の影を離さぬ寒砂丘

重ね着の上に重たきネックレス
源流の岩ばかりなる寒さかな

また雪になると呟き紙漉女

開け閉めの風を喜び室の花

十丈の岩が神体注連飾る

平成二十六年

八七句

洋凧の糸の太きを繰り出せり

まだ職に就かぬを咎めお年玉

一文字を楷行草と試筆かな

離れ座敷の静けさに初硯

初場所や同体といふ名裁き

網棚に沈む土産や旅はじめ

丹波より届きし豆を鬼は外
あたたかや母に抱かれて滑り台

出口にも逸品の鉢盆梅展

農小屋を俄仕立てに梅見茶屋

ぶらんこの残りの揺れを風が継ぎ
タンカーの静かに沖へよなぐもり

山笑ふ中より人の笑ひ声

花びらに魚を遊ばせ石ぼたん

浮桟橋へたんぽぽの絮を吹く

まだ背に花のほてりや磴下る

瑞垣の朱を深めたる花の雨

花びらを重ねて軽き花御堂

参拝の途絶えて乾く甘茶仏

杓少し肩に触るるも甘茶仏

出入りなき道は細りて山桜

太陽の眩しさに割れしやぼん玉

白藤や妻も見返り美人なる

セスナ機の低空飛行夏近し

マスターの白き頰髭昭和の日

毒のある木とは思へぬ若葉かな

泣かされてなほ兄を追ひこどもの日

対岸も同じ風向き鯉幟

居着くとは諦めに似て通し鴨

みづうみの波立ち茅花流しかな

説法に己が生ひ立ち寺涼し

上手に吹けず草笛の葉のにがし

ヨットハーバー帆柱を競ひ合ひ

皿ごとにレモン一切れ夏料理

羽衣を掛けし伝説夏やなぎ

気まぐれといへば気まぐれ閑古鳥

鬼と呼ばれ姫と呼ばれて百合の園

襖絵に春夏秋冬寺涼し

小刻みに飛んで高野の道をしへ
窓枠も手摺も白く涼み船

火口湖の色そのままにソーダ水

明易やホテルの裏に船着場

湖畔より富士を仰ぎて明易し

別館へ続く敷石竹落葉

神杉は闇の入り口螢飛ぶ

岩陰にささやき合うてお花畑

夏草のジャングルをゆく三輪車

祖母の日傘を抜け出して滑り台

鎌を研ぐ夏草を刈るために研ぐ

辞世の句書かれし団扇もてあふぐ

いしぶみに時を重ねて蝸牛

夏草の目立ちたがりや屋根の上

はらわたの苦み肴に暑気払

琉金の鰭の動きに藻の応へ

欄干の丸みをなでて夕涼み

草取つて畑半分取り戻す

夜は闇を連れ来て烏瓜の花

また取り出して皺くちやの登山地図

鮎竿の長さ軽さを競ひ合ふ

透明の傘差してゆく原爆忌

自衛隊基地へ侵入葛の花

まだ踊り足らざる仕種帰り道

草を食むさまにうつむき茄子の牛

通販のカタログ広げ生身魂

ペリカンの嘴よりこぼれ水の秋

目標のページに栞夜の長し

黒板に補習の名残休暇明け

泡立草薬草園を取り囲み

日に二度のバスを見送る案山子かな

月を待つベンチの位置を組み直し

捨て舟にまだ浮く力秋高し

毒茸と勝手に決めてをりにけり

毒のある樹にも優しく竜田姫

緩やかな坂をゆつくり下りて秋

重き荷を一つ下ろしてばつたんこ
丹生都比売神社辺りを竜田姫

秋風をつかみて放し太極拳

たつぷりと七味高野の走り蕎麦

さはやかに筆を走らせ納経帳

入れ物は祖母のポケット木の実降る

踏まれたる邪鬼の形相そぞろ寒

車には弱いんですと狩の犬

狐火やまたこの村の誰か逝く

干されたる毛皮をくぐり狩の宿

コーヒーの湯気の向かうに山眠る

間仕切りの襖絵ほめて坊泊り

煤逃げを二階の窓に見てをりぬ

平成二十七年

九九句

床の間に太刀と脇差初座敷

百羽みな水尾を曳きたる初景色

巫女舞のすり足の音初座敷

神官と神代の話残り福

墨継ぎの文字のにじめる四温かな

草萌や城に抜け穴隠し井戸

藩侯の系図を掛けて城の春

座布団を折つて枕に春炬燵

風待ちの船へと移り猫の恋

美しき毛鉤に跳ねて柳鮠

脱藩のありし峠や揚雲雀

涅槃会や京に細かき雨の降り

蠟燭の煤汚れして涅槃絵図

涅槃図の比丘尼は釈迦の足に触れ

花弁を受くる一手も千手仏

手相見のテント明りに桜かな

巣箱掛く巣箱のやうな別荘に

城のある暮しに慣れて朝桜

鈴の緒をすべり落ちたる落花かな

落花掃くことから露天商の朝

貸杖の先に花屑もてあそぶ

日の差せば影と競ひて上り鮎

春愁や書かねば乾くペンの先

楠落葉集めて森へ返しけり

噴水の中に天使の見え隠れ

老僧の一歩先ゆく道をしへ

隠し田の無き世となりて余り苗

信濃路や月遅れなる鯉幟

瓶詰といふ重きもの梅雨に入る

桃色の縁どり妻の登山靴

古民家の暗きに外すサングラス

波を打たせて鍔広の夏帽子

葭切の右岸左岸と鳴き交はし

画架立てて大雪渓を真正面

葭簀して旧街道の足湯かな

雪渓へ首を向けたる風見鶏

かすがひで繋ぐ木道お花畑

雪渓の水となりゆくひとところ

買ひ立てとわかる白さの捕虫網

手拭ひに包み込みたる洗ひ髪

三段をなせる水勢造り滝

南国産らしき大樹の茂りかな

かづら橋渡つて来たと夏休み
鷺草のみな飛び立つてしまひけり

勝者にも敗者にも大夕立かな

蜜はかけ放題ですとかき氷

ぐづり出す子に中座して夏期講座

端居してその古民家の謂れ聞く

三人展にて三様の美術展

復元の須恵器の罅や秋暑し

戦争の話も少し盆の僧

迎へ火や手入れ届かぬ畑を詫び

母にまた力の戻り南瓜切る

朝顔やまだマニキュアを知らぬ指

古井戸に油の浮ける終戦日

台風裡馬鹿がつくほど釣りが好き

お狩場の跡を守りて竹を伐る

痩身の肩に傾け秋日傘

山門を潜る秋暑を置き去りに
大奥の跡へ殿様ばつたかな

渡りゆく鷹を見送り風見鶏

人待ちの望遠鏡や岬の秋

灯台の影にたたみて秋日傘

草の実や灯台守の館跡

手刈りせし稲を静かに寝かせけり

石舞台見ゆる高きに登りけり

縄張りの中に亀石鵙猛る

飛鳥路の名もなき石に座して秋

赤鉛筆転がつてゆく夜長かな

発掘の土を篩へば鳥渡る

鹿鳴くや峡の三戸のみな空き家

背の子の紅葉明りに眼を覚まし

ゲレンデの便りを入れて林檎の荷

仏手柑の一指の反りの美しき

猪に追はるるごとく畑を捨て

爪痕は熊のものかも茸狩

重荷下ろされ落ち着かぬ稲架の馬

裏山に猪三頭はゐると言ふ

盗掘の跡も復元冷まじき

火の恋し離れ座敷にものを書き

夕時雨山越ゆる人泊まる人

地下鉄を出でて洛北時雨かな

福神の木彫り七体冬ぬくし

見上げつつ潜る鳥居や七五三

露天湯のみんな勤労感謝の日

家二日空けたる土間の寒さかな

池寒し命尽きたるものは浮き

炉話の一人はすでに横になり

炉話の手振り身振りに目を凝らし

ぶつかつて力の戻り冬の蠅

綿虫の飛ぶ日なりけり母を訪ふ

燃え渋る煙に落葉加へけり

巻き上げし過去を戻して古暦

帆を張らぬマストの並ぶ寒さかな

美しき絵を切り離し古暦

ぐい飲みの口のざらつく寝酒かな

護摩堂の煤に耐へたる白障子

砂時計見つめて数へ日のサウナ

詫状を一つ書き上げ年の暮

あとがき

『道をしへ』は私の第三句集である。第二句集の『分教場』は退職記念として上梓したが、この句集は退職後の四年間の作品をまとめた。

　今川凍光先生から「岬」を引き継いで今年で十年目になる。その「岬」が来年の一月号をもって通巻七百号となり、記念の意味もあって句集の上梓を決意した。

　念願であった鷹羽狩行先生の句碑が高野山の釋迦文院境内に建った。その実行委員長を務めさせて頂いたが、記念俳句大会において、仏のご加護であったのか、思いがけずも、狩行先生の特選を頂いた。

小刻みに飛んで高野の道をしへ　　裕任

金剛峯寺の境内を飛ぶ斑猫の動きを見ていると、他のものとは違って一メートル足らずごとに止まることに気付いた。私はその動きに、衆生に対する仏の導きの有り様そのものを見た。これが句集名の由来である。指導者として、一歩先を行きつつ、時には立ち止まって手を差し伸べる気遣いを忘れないように、との自戒の意味をも込めたつもりだ。

昨年、母が、四年前の大腸癌の手術に続いて十二指腸癌の手術を受けた。七時間にわたる大手術であった。術後の体調は一進一退であったが、作句に対する意欲は衰えなかった。むしろ、

臓器また一つ無くして春の行く　　てる代

というような句を作って見せた。夫を亡くした後も、独りで逞しく生きる八十五歳の母である。

俳句を始めたのは母の影響が大きかったが、今も尚、母の生き様に学ぶところが多い。

この句集はその母と、「岬」運営を支えて下さっている多くの方々に捧げたい。

上梓にあたり、細部にわたりご助言を頂いた「文學の森」の皆様に改めて深くお礼申し上げる。

平成二十八年　爽涼の「いくり庵」にて

手拝裕任

著者略歴

手拝裕任（てはい・ひろたか）

昭和26年　和歌山県生まれ
昭和55年　「岬」入会
昭和56年　「天狼」入会
昭和63年　「狩」入会
平成４年　第14回狩座賞受賞
平成５年　「狩」同人
平成22年　第32回弓賞受賞
現　　在　「岬」主宰・「狩」同人
　　　　　朝日新聞和歌山版選者・俳人協会会員・
　　　　　和歌山俳句作家協会会員

句集『さそり座』『分教場』

現住所　〒640-1141
　　　　和歌山県海草郡紀美野町小畑834―64
電　話　073-489-5718
ＦＡＸ　073-489-5718

句集

道《みち》をしへ

発　行　平成二十八年十二月九日
著　者　手拜裕任
発行者　大山基利
発行所　株式会社　文學の森
〒一六九-〇〇七五
東京都新宿区高田馬場二-一-二　田島ビル八階
tel 03-5292-9188　fax 03-5292-9199
e-mail mori@bungak.com
ホームページ　http://www.bungak.com
印刷・製本　モリモト印刷株式会社

ISBN978-4-86438-529-9　C0092